WO

XIN

MU YUAN

我心慕远

郭子瑞

著

远方出版社

图书在版编目 (CIP) 数据

我心慕远 / 郭子瑞著 . -- 呼和浩特 : 远方出版社，2019.7

ISBN 978-7-5555-1249-3

Ⅰ . ①我… Ⅱ . ①郭… Ⅲ . ①诗集－中国－当代
Ⅳ . ① I227

中国版本图书馆 CIP 数据核字 (2019) 第 134400 号

我心慕远
WO XIN MU YUAN

作　　者	郭子瑞
责任编辑	王　叶
责任校对	王　叶
装帧设计	王改英
出版发行	远方出版社
社　　址	呼和浩特市乌兰察布东路 666 号　邮编 010010
电　　话	（0471）2236473 总编室　2236460 发行部
经　　销	新华书店
印　　刷	内蒙古爱信达教育印务有限责任公司
开　　本	145mm × 210mm　1/32
字　　数	180 千
印　　张	8.5
版　　次	2019 年 7 月第 1 版
印　　次	2019 年 7 月第 1 次印刷
标准书号	ISBN 978-7-5555-1249-3
定　　价	36.00 元

序

12 岁的郭子瑞要出书了，这是真的，因为书稿就摆在我的面前，其父母嘱我作序。

这是一本诗集，有古体诗，也有现代诗。书名叫《我心慕远》。

郭子瑞出生于 2007 年，是呼和浩特市赛罕区南门外小学六年级的学生。这孩子眉清目秀、伶俐可爱，很是讨人喜欢。他兴趣广泛、品学兼优、乐于助人、尊老爱幼、热爱集体、积极向上，先后被评为“优秀少先队员”“班级小作家”“书香少年”“阳光体育之星”和“新时代好少年”，11 岁时就成为内蒙古诗词学会的会员。

郭子瑞从 6 岁就开始写诗了：

游三亚

三亚无冬日，

季季皆夏天。

沙滩绵且细，
碧海似连天。

6岁的孩子，能识得诗句里的这些字就很不容易。而“季季皆夏天”和明代顾玠的《海槎余录》里引用的海南民谚“四时皆是夏”的意思基本吻合，难道小小年纪的他竟读过《海槎余录》？抑或是听说过“四时皆是夏，一雨便成秋”这句海南民谚？

黑白

——写给战争国家

…………

黑夜，
在寂静的星空里，
有那么多的梦寄。

白昼，
在那艰难的生活里，
有那么多的人失去了家。

在那血流成河的噩梦里，

有多少生命在这里倒下！

一个几岁的孩子，就有着一颗悲天悯人的心。他控诉战争，以表达他对战乱国家中受难民众的同情和对生命的珍视。而他上学后写的自由诗《日子》，用“白天学的没消化，晚上复又塞进来，堵在喉头咽不下，日子过得好艰难”这样调皮的诗句，反映了当下小学生作业负担过重、被迫补习的无奈心境。

收在《我心慕远》一书中的163首古体诗和29首现代诗，都是郭子瑞在12岁前（含12岁）写的。其中8岁前写的古体诗和现代诗共25首。古体诗部分所涉及内容包括“武侠情怀”“悼凉山英烈”“春”“夏”“秋”“冬”“旅游随记”“梅”“竹”“杂感”等10部分。这里所说的古体诗，主要是就形式而言，多是七言、五言四句诗，也有个别长短句。谈不上韵律，也不拘平仄格律，权当古风也可。这里所说的现代诗就是自由诗，虽然一看就是孩子写的，但语言朴实、感情真挚，满满的正能量。我倒觉得比现时流行的一些口水诗强了许多。

我想到了我十一二岁的时光。虽然也背着书包上学了，可哪里搞过什么旅游啊，更不懂得什么战乱之类。从没记得有什么作业负担，放学之后、星期礼拜、暑假寒假，那便是我自由的天地！月下偷瓜，檐头掏雀，渠中摸鱼，村外骑驴，河床溜冰，雪地套鸟……根本不知道什么是诗歌，但内心憧憬的却是童话般的世界。羡慕郭子瑞生在这如诗如画的时代，可以快乐地吟咏自己心中的歌。

我想到了曹植的七步诗，想到了骆宾王的《咏鹅》，还想到了《刘公案》中12岁告御状替父鸣冤报仇的左连成。评书中说：“一十二岁告国舅，长大你要告何人？”评书夸赞左连成“金刚钻小能钻瓷，竹竿倒大节节空。蟒长八尺是根菜，龙生七寸能腾云”。中华民族历史文化源远流长，在5000年悠久的历史长河中，涌现出无数无与争锋的弄潮儿。而这些“弄潮儿”，有的是戏剧小说中的形象塑造，有的是野史秘闻中的编撰演绎。那么，在这条时间长河中，谁才能够算得上是真正的少年英才？“俱往矣，数风流人物，还看今朝！”

郭子瑞成长在一个幸福的家庭，一直受到良好的家庭教育。他就读的南门外小学名声在外。该校以“红、黄、绿”三色为学校主调象征。校长王红梅解读说，红色象征孩子们是在红旗下成长的红色接班人；黄色象征他们沐浴着党的金色阳光；绿色象征孩子们像禾苗一样茁壮成长。学校非常重视“诗词进校园”的主题工作，经常开展诗歌朗诵等活动。为此，内蒙古诗词学会还专门为南门外小学建了“诗向南门外”的微信群，校长王红梅和大队指导员刘老师都活跃在这个微信群内。

郭子瑞成长于中华诗词走向繁荣兴盛的年代。内蒙古东至满洲里、西至阿拉善，阴山南北、黄河两岸，诗词进校园、进社区、进乡镇、进企业、进机关、进广场（景区）如火如荼、方兴未艾。“小荷才露尖尖角，早有蜻蜓立上头”，内蒙古诗词学会很快关注到郭子瑞，经会长办公会议专门研究，破格吸收他为内蒙古诗词学会会员（免收会费），郭子瑞成为内蒙古诗词学会年龄最小的会员。

学校、家庭、社会三方的有效结合，为郭子瑞营造了一个良好的成长环境。这位品学兼优的孩子“我心慕远”，乐与诗词做伴，目光向着诗与远方，他的灵魂始终站在最高处。少年强则中国强。我们从少年郭子瑞的身上，看到了百年圆梦、中华复兴的希望。是为序。

内蒙古诗词学会会长　贾学义

2019 年 6 月 30 日

目录

CONTENTS

古体诗

现代诗

GUTI SHI

古体诗

古体诗

武侠情怀
悼凉山英烈
春
夏
秋
冬
旅游随笔
梅
竹
杂感
早期作品（2015年以前）

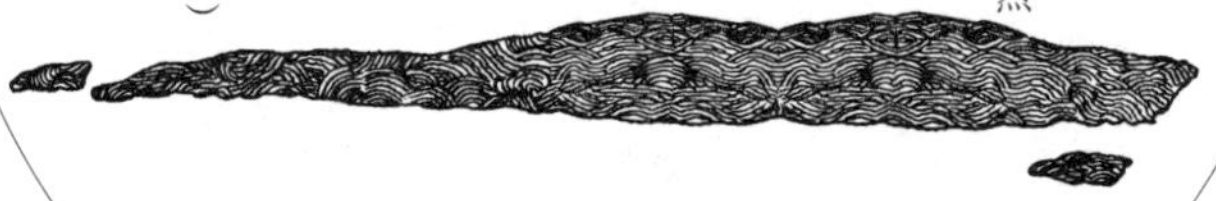

何人再写江湖

——纪念金庸老先生

飞雪连天射白鹿，

再顾他日情已疏。

嚣尘未尽终究老，

何人再能写江湖？

笑红尘

九霄狂雷震彻天，
刀光剑影浮华间。
江山碧月秋波水，
化作尘灰落门前。

笑 傲

明月墨洒梧桐间，
淡映浊酒飞虫翩。
琴惊别雀留残影，
飞花漫天碧衣夜。
幽昙怒绽舞翩跹，
嚣尘尽去雨云天。
一身豪情铁傲骨，
独笑回颤耸关前。

年岁几何

笑洒飞书月残圆，

半卷没入楼亭边。

酌酒一壶无醉意，

甘入红尘挥泪间。

英雄几何

万雷滚滚震天涯，
临危越水俯江花。
谈得几何生死惧，
英雄如此有几家。

飞尘人生

残风一去再难回，
自灭春生有何归。
不如飘扬清白去，
笑谈红尘可谓谁？

滔滔永恒

斜阳尽去月攀峰，

巨浪腾奔夜永恒。

望际乾坤云似海，

狂涛震怒雨相逢。

凉山大火（一）

惊天雷火灭生灵，
数里荼毒太无情。
英雄舍身赴死去，
神仙无睹坐前庭。

凉山大火（二）

悲心裂肺血已凝，
断去生欲痛思情。
多少生机随烟去，
终究无改刹鬼亭。

春

初春逢雪

银鳞白羽飞满天，
城中灯火片片连。
遥想去年飘飞雪，
今日欢喜尽开颜。

春　风

春风好似神仙药，
一经挥洒千山碧。
桃之夭夭春燕归，
杏花微雨燕衔泥。

初春（一）

冰霜雪雨情未尽，
却见白羽送春来。
轻风曼妙寻银箔，
何时枝头见鸟啄？

初春（二）

初春乍暖见新芽，
桃李杏花满枝丫。
不知花期能几许，
心芳不陨绽年华。

花 签

轻风吹拂过桃林，
团团粉艳放香芬。
奈何芳意不长久，
拾瓣做签永留春。

山景

翠竹粉桃山有寺，
蝶绕花前醉欣然。
飞燕南山啾啾唱，
清泉流淌入乡田。

春

田园春影

丝条已绿雀萧萧，
淡梦云残雨润桥。
不解何时灵尽逝，
田园春影花满梢。

春日美景

春来柳吐绿丝条，
桃李嫩枝绽花苞。
燕子飞来告知己，
农舍檐下好做巢。

春

柳　絮

青柳细条纤纤垂，
风儿起处雪絮飞。
柔弱婀娜皆妩媚，
落地成团似雪堆。

柳　条

新柳绿条垂，
淡淡风来吹。
冬日余枯枝，
春风吹又回。

春

春日

春日风光好，
紫燕从南归。
夜晚惊风雨，
朝目草树稀。

咏　春

春燕追随大雁回，

草木生灵万物恢。

家家小院儿童戏，

广场风筝老人追。

春

春日风光

春风吹拂千万物，
草自土中探头出。
万条柳丝随风摆，
三季昆虫不生愁。

柳絮春华

摆柳枝条绿有加，
万千飞絮覆年华。
春雨绵绵仍不断，
碧叶映入百万家。

夏

游桃李湖

碧水清清粼光闪，
湖中小鱼自在游。
晴空湛湛蓝万里，
偶有浮云任卷舒。

夏日游园

池水盈碧莲满塘，

细草丛生花清香。

绿柳成荫人争乐，

四角亭中唱京腔。

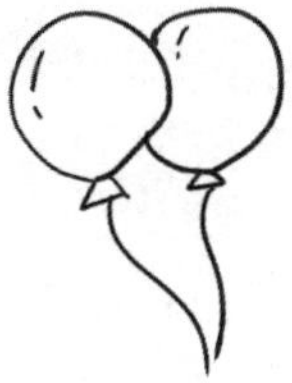

游李花园

花开几十朵，
处处溢香浓。
不知何年种，
今日放新红。

颂·天江

杨柳依依江边立，
芳草萋萋暗生香。
读书儿郎扶瑶琴，
纤纤玉女舞裙裳。

夏

花丛有感

白花红朵紫丁香，
园中怒放绽芬芳。
艳里争锋斗妍处，
哪个才是甲一方？

夏日美景

绿树成荫芳草新，
碧玉毡上花点真。
炎炎烈日秋未至，
潺潺溪水见底清。

花落莫伤

繁花落地春满镶，
残生过尽犹遗芳。
杏林两岸皆如是，
瓣蕊飘落果实香。

虫 曲

夏夜岂无声，
还有促织鸣。
虽然天炎热，
蝈蝈唱和声。

夏

夏日绝句

夏日美景迷万眼，
树木绿叶密成荫。
百花盛开香千里，
游人如织尽欢欣。

步入花丛

朝日煦煦照大地，
众鸟鸣啼不歇气。
百花齐放争明艳，
我来花丛写日记。

夏

夏日雨景

朝闻屋外滴雨声，
树木花朵盼天晴。
行人雨中蒙蒙现，
云在天边出彩虹。

夏日游园

炎炎烈日园中行，
花开让我好心情。
柳树风中摆绿叶，
好像招呼鸟儿鸣。

夏

雨中观景

夏日窗旁观雨景，
大雨蒙蒙雷轰鸣。
路旁行人急奔走，
雨过天晴出彩虹。

雨后晴天

雨后晴万里，
恰似故人心。
归家空不语，
再抚雨后琴。

夏

雨

愁条千万缕，
暮色渐沉沉。
浸醉瑶台色，
纱来隐旁人。

朝霞（一）

轻云漫绕雨后山，
半残彩虹桥头岸。
竹笛声声林下语，
朝雀追云天上玩。

夏

朝霞（二）

斜红淡去日边霞，
路旁萋草映娇花。
碧海洪潮兴正起，
青边暗淡色如茶。

看遍门前花

夕阳恋影陨山前，

半月攀至九尺天。

夜雨惊风摧玉柱，

朝夕一览绿红间。

夏

回顾夏日

春归夏至乐不收，
清风拂面久无愁。
自在花丛飞蝶舞，
春风一去不回头。

秋 叶

万里飘飘碧云天，
风残落叶卷满街。
去年飞尽来年长，
生生不息复复年。

秋风起

残烛小道盘山涧，
夜浸秋风淡月前。
笑问人间情几许，
轻酌漫望缕炊烟。

夜秋雨

清风映月淡披霜，
夜里飞沙忙掩窗。
谢入残灰仍几缕，
昏灯再灭雨陈伤。

秋

风去独凉

飞花残尽灰如雪，
余芳几许与人别。
来年再艳情已冷，
落入云际凡尘间。

深　秋

深秋已至草枯黄，
虫儿去尽玉树荒。
落叶铺地如毡毯，
飒爽风卷漫天扬。

秋

秋道间

风残落叶秋林间，
夜道萋花百柳纤。
碧月攀峰波绿水，
苍松尽逝雨山前。

秋日风光

秋风吹来树叶黄，
农民收割早晚忙。
庄稼果园丰收日，
家家户户喜洋洋。

秋 风

秋风吹叶落，
人过叶声喧。
时光逐日去，
不觉又一年。

风 雨

雷声轰隆响彻天，
沙尘过后雨翩翩。
可怜杂草无藏处，
经风沐雨又一年。

秋

秋叶飞散漫天扬，
枯枝抖擞躯干黄。
天空广阔湛如许，
山峰如削更雄昂。

初　雪

飘飘落下附冬花，
清灵剔透映朝霞。
放眼望去星如许，
鸿鹄白羽落我家。

冬

初冬逢雪

霜风并去久别春，
暗域飞花净遗身。
不解何为无情物，
冰封雪语颂荒尘。

叹冬

雪仗风势如飞针，
万水千山臣冬神。
此间处处白罩树，
枯枝低垂雪沉沉。

冬

寒　冬

严严寒冬雪纷纷，
片片无声坠院庭。
大地悄悄着锦被，
树枝根根托白云。

夜访幽光

柔女抚琴夜光霏，

棉羽稀疏星夜归。

儿童嬉戏逐银毯，

夜静人闲枯枝垂。

冬

雪入心间

纷雪寒霜美如花，

嫁与清风抚天崖。

斑斑鹅羽轻似梦，

风雪凌立舞年华。

寒 冬

冬日草已枯，
树上挂白棉。
飞鸟已归巢，
春日何时苏？
夜色渐朦胧，
积雪半尺深。
幸得半日好，
独自堆雪人。

冬

冬（一）

叶落残枝坠江边，
沐寒冰雪铺满街。
身着棉衣不觉暖，
仍有童子玩乐喧。

冬（二）

万树已凋残，

天晴风且寒。

行人皆疾走，

不见伙伴玩。

冬（三）

冬来雪纷飞，
鸟藏人也稀。
时日似奔马，
冬去春来兮。

冬雪（一）

大雪纷纷漫天际，
疑是圣洁花翩跹。
千树银光千村冷，
披衣盖毯总相宜。

冬雪（二）

昨夜飞白雪，
今早冷风寒。
一层白地毯，
盖裹大青山。

绝　句

阳光和煦照大地，
月光清辉暗夜明。
春日道尽风光好，
冬风一夜水寒冰。

冬

冬游满都海

地上雪皑皑，
枯枝挂棉絮。
风过冷丝丝，
别有一番味。

新　年

正月里来是新春，
家家户户喜相迎。
烟花鼓乐齐声放，
男女老少庆年丰。

冬

严 冬

白棉纷飞迷满天，

银毡盖野冷凋田。

枯叶随风落冰面，

来年破冰鱼虾鲜。

美入心间

芳雪寒霜美如画，
一片冷清盖天涯。
斑斑鹅羽轻似梦，
几多喜乐舞年华。

华山之险（一）

百尺悬峰扣心弦，
青石此角露方砖。
神仙怒喊风云变，
碧岩沫撒斩天关。

华山之险（二）

远处观山翠满天，
近看忧伤在山岩。
高峰入云达天际，
不知仙人作何言。

观大青山

远望青山绿意盈，
登临如在画中行。
心有大志临绝顶，
俯瞰众生如仙翁。

丽青山

青山万里草树芳，
百尺凌峰见殿堂。
此景只应天上有，
我看青山更昂扬。

青山（一）

碧水林峰醉满山，
清风拂首望门关。
玉雪双双藏不住，
寂寂山径有人还。

青山（二）

郁葱林松绿山川，
此间清泉亦潺潺。
鸟鸣蜂飞蝶儿舞，
恰恰娇莺云中攀。

山中有感

绿树青青石中镶，
芳草萋萋自生凉。
高行远上有寒意，
雄山伟景丽春芳。

草 原

草原无边似连天，
繁花点点缀其间。
牛羊马匹颇适意，
清风徐徐送芬芳。

故宫行

金镶玉刻总成双，

可见当年够辉煌。

城中人马千千万，

勾我情思梦徜徉。

雨中游青岛湖（一）

碧水漫漫云遮天，
绿树荫荫铺满山。
峰岭氤氲疑墨染，
细雨蒙蒙摆渡船。

雨中游青岛湖（二）

湖水遥杳云隐川，
潭水轻漾漫岸沿。
峰环若有青空处，
云雨如纱罩浮船。

西湖美景（一）

二月四日游杭州，
人间美景是西湖。
几只木舟湖中过，
我坐船头自读书。

西湖美景（二）

油竹抹绿柳芬芳，
翠林掩映游船坊。
碧水荡开无边景，
吾心恣意胜君王。

西湖美景（三）

清波漾漾炫日光，

游船漫漫歌高昂。

放眼来看雷峰塔，

未到寒冬似蒙霜。

西　湖

碧水平波映湖光，
莲荷翠叶百渡江。
遥杳乾坤天漫雨，
飞溅残雨蒙风霜。

赞西湖

日光耀洒满西湖，
银光闪闪兴高乎。
天雷不在此时降，
浪中哪有蛟龙出？

桂林山水

绿水游船映千山，
凸峰奇景赏不完。
烟雨忽洒连天志，
乘风我欲上高天。

游长安古城

华池一望百万屋，
水中无有一丝污。
兵马坑中兵十万，
今日增色古皇都。

丽 江

野柳玫香花艳容，

春催万物皆性灵。

唯有玉龙封冰雪，

孤高冷峻傲古今。

丽江古城

古城石街溪穿巷，
客栈素朴有内涵。
饮水池中游鱼戏，
木府恢宏影阑珊。

游黄山

山群隐约云中观，
密林茂树雾中现。
奇石怪样游人赞，
黄山景致今初见。

海（一）

暮云春树雨相连，
碧海沧潮浪荡间。
起落腾奔天嫞地，
滔滔震愤海关前。

海（二）

凌波碧月浸天边，
绿水幽空海连天。
淡浪清风惊夜雨，
狂号怒哮击岸沿。

长 江

万里直奔天际远，
宏腾威猛无可拦。
遥望江流浸残阳，
眨眼便可入青天。

母亲河

一条流水路方长，
护此一方地不荒。
滔滔东去千万里，
滋养生息降吉祥。

梅（一）

寒冬北风吹岭乱，
梅树无惧绽华芳。
冰雪封山无人处，
更有高枝放奇葩。

梅

梅（二）

天寒经久不曾衰，
万里梅香动心怀。
一枝独秀难成景，
不苟此生也快哉。

梅花问野（一）

人闲梅花落寒山，
百里风霜雪花飘。
朵朵娇妍竞相绽，
风过香来醉今朝。

梅

梅花问野（二）

月语问期佳日到，
一夜蜡梅绽花苞。
山野茫茫着素锦，
兴花香取在今朝。

竹　林

远望翠似连天碧，

近观竹斑如泪滴。

蒙蒙细雨笼天地，

恍如画作意迷离。

竹

竹（一）

翠碧清芳似绿匹，
细叶漏影恍若迷。
身形修长直身立，
腹中竹酒酬知己。

竹（二）

青竹似玉衬娇花，
碎叶稀疏影如茶。
酷暑寒冬仍傲立，
坚定刚强被人夸。

竹

青　竹

今朝飞雨丝窈窕，
翠玉白琢遮木桥。
泪洒青枝云飞散，
只愿绸条带痛消。

春 笋

春雨绵绵润笋苗，
绿意荫荫足水浇。
不问竹林翠似染，
唯奇新枝寄蜂巢。

四　季

春日清丽万物生，
夏季更加百草青。
秋来千树尽枯叶，
冬至雪花照眼明。

风

春风徐徐万物生，
夏风习习百鸟鸣。
秋风呼呼绿意尽，
冬风呜呜雪花晶。

东　风

一夜东风万里寒，
枯枝败草难生还。
白雪纷纷盖天地，
企盼早日春满园。

自感

日落烟云草翠佳，
即使天沉无云霞。
雀鸟归巢叽喳喳，
我自院中摘黄瓜。

杂感

挚友难寻

群鹜尽结友，

善域接风尘。

惊雷儒雨后，

难以共情深。

落日（一）

日落黄昏进酒家，
庭院栽有百合花。
鸡鸣狗叫群鸭唤，
此时美景叫人夸。

落日（二）

晚来红云映山村，
溪水长流积蓄深。
山中鸣鸟归窝后，
还有歌声唱高音。

荷 塘

荷蓬伴月久成殇，
细水长流映青光。
但见斓霜碧如许，
谁问残雨正推窗？

咏　鹅

碧水波中游白鹅，
银毛浮绿荷下遮。
鸣声宏响破天际，
赤色头冠似理得。

浪荡人生

船泊小港久不回，
浪荡其间知是谁？
骇雨狂风真持久，
人生如此把鱼追。

人　生

徜徉四海久难归，
月下生情泪帘垂。
今世来生缘有主，
难寻当初爱怜谁。

不染尘灰

尘灰落定久无情，
哪知读过圣贤经。
唯愿今生清不染，
襟怀坦荡自在行。

杂感

我心成殇

雄心久恻再无还，
壮志豪情赴江川。
不苟当初何气魄，
今朝小雨漫拂船。

人生多少年

度入虚空已经年，
爱恨情仇秋波间。
多少风光多少泪，
笑看浮沉雨连天。

雨中情愫

细雨丝丝帘如许，
青竹小楼，半月门边。
红线牵牵情几何？
田间蟋蟀，天籁纸鸢。

焚　花

清风几许夜哀愁，
半月残灯近九州。
凋尽情缘飞入土，
来年尽绽影如绸。

杂感

爱　恨

缘来散去无可追，
尽醉清风塑轮回。
夜雨长流秋已去，
归来恨旧马难追。

风雨归

日暮微光没，难以见天明。
不苟当初事，再看彩云飞。
南山夜半惊风雨，
茅草树木皆有情。
痛饮一壶悲伤酒，
但愿今生永无愁。

大江东流

风雨之后，血泪稠稠。

之上银河去，万段之柔。

宏雷过，巨浪豪豪。

如此佳景何处？大江东流。

心　海

海水起落淡风波，

巨浪滔滔也如歌。

不苟一生从正道，

桀骜不驯奈我何。

无　题

夜雨摧百草，
可怜虫归家。
风霜何时了？
山顶露朝霞。

无 题

茅舍虚掩门，
室内已无人。
不知何处去，
牛马路边奔。

无　题

夕阳淡去水粼波，
小调盘山颂幼鸽。
老树寒鸦久不复，
明月翠湖与天合。

忘却年华

悲欢碎尽已无情，
醉里清风久不经。
但见花开云散荡，
泪眼望去雨中行。

碧海云间

青石阑珊与炊烟，
再望轻舟过门前。
自此一去千余里，
蹀躞碧海恍如仙。

山下林影

孤光闪闪见尘灰，
一片阴云柳边垂。
朦胧浅笑爱恨散，
潇洒转身头不回。

杂感

重临母校

轻风如旧柳抽芽，
母校窗明映飞花。
去年青柳飘飞絮，
不知何日可归家。

迷光

今夕笑问为何愁，
看似白发生九州。
自在乾坤花谢去，
不见飞泪作心筹。

农

昔日面土背苍天，
今朝机械跑田间。
雀鸟欢欣云天上，
乡农悠闲乐欢颜。

杂感

一血国耻

时如流水味如茶，
浊世英才皆济华。
壮志不随流年逝，
舍身赌命救国家。

长征（一）

万人雄师渡江川，
深水险山数天关。
热血飞洒浑不惧，
红旗招展震宇寰。

长征（二）

自此一去百江山，
艰险重重万般难。
枪林弹雨拦不住，
血洒风雨渡魂关。

杂感

门前歌

一个好汉三个帮，
半边红羽半边黄。
几只飞鸟几行队，
多少城府多少房。

醉景如画

云霞不收景如画，
山峰鼎立俯天崖。
碧水映花藏不住，
翡翠玉峦赏精华。

度入岁月

风凄半月夜消沉，
残烛垂泪轻掩身。
笑叹多情人已逝，
白羽墨痕淡如春。

花落莫伤

繁花落地春满镶，
残生过尽犹遗芳。
杏林两岸皆如是，
瓣蕊飘落果实香。

桃　夭

夭夭万里醉春风，
锦绣红尘似永恒。
谢尽情缘仍未老，
芳姿映立百花中。

夜 宴

傍晚夜时分，
宴会掀高潮。
琴鼓合奏起，
歌舞并登台。

学友情

白雪无声连天地，

学友远归叙旧思。

不因年久情浅淡，

日复一日牵挂深。

宿 醉

夕阳润雨意昏昏，
巨浪际天已回春。
放首清空觅何物？
今宵醉酒不知晨。

杂感

雾中情

翠竹夹雨雾中思，
青山陶醉野柳慈。
飞燕南山能致远，
琉璃碧玉君题诗。

游三亚

三亚无冬日，
季季皆夏天。
沙滩绵且细，
碧海似连天。

明月（一）

明月照大地，
月光洒江河。
光烁似明灯，
高挂在云端。

明月（二）

银轮挂天际，
一夜总不落。
好似白银盘，
置于天空中。

明月（三）

月光好似照明灯，
照见友藏草丛中。
不知月灯谁点亮，
高高挂在青云端。

观　花

这里有朵漂亮花，
漂亮花下躲青蛙。
我和妈妈手牵手，
一起去看花和蛙。

黄　河

黄河宽且浑，

放眼见波纹。

吾观不见底，

闻听是母亲。

忆儿时

儿时常随祖母游，
满都海中总逗留。
游园划船捉蚂蚱，
一天喜乐在心头。

雨中游园

夏日园中游，

雨中闻蛙鸣。

行人蒙蒙现，

云散彩虹出。

游黄花沟

山高路陡从梯下，
烈日如火烧烤咱。
坡下密林阴且凉，
步入其间心情佳。

重　阳

九九重阳日，
学者思故人。
夜晚升明月，
寄托万人情。

南小

南小满书香，

千生楼中习。

母校心中念，

恰似恋母情。

父爱如山

慈父肩如山，

雨中挡风萧。

何时明镜里，

已有银丝生？

丰 收

绿草三千尺，
牛羊草里藏。
田里满庄稼，
大好丰收年。

太 阳

天边金光耀，

光照地上明。

悬在青天上，

高过九层云。

亮丽大城西

蓝色天空似大海，
田中玉米望无边。
村里屋舍座座连，
村中小弟与我亲。

春光风景

春日风光迷万物，
微风吹拂万丝条。
松柏枯枝吐绿丝，
桃花杏花浓香飘。

家乡美景

绿树密成荫，
草长百花开。
小舟水中划，
夕阳照影来。

田

稻浪金光灿，
遥看田无边。
秋谷头低下，
丰收近眼前。

玫　瑰

天芳苍茫玫馨香，
从草密密塞新房。
容颜不知何时老，
俊傲秀芳比天骄。

XIANDAI SHI
现代诗

过　去

过去的岁月，
无声逝去。

淡去的情谊，
不留痕迹。

雨，
下得如此忧郁。

是否因为，
窥去了我的思绪？

伸手去窗外，
接住一捧冰凉的湿意。

我的温度，
能温暖的，
只有这么些许。

天色渐暗，
华灯初上。

白天牵来，
夜的翅膀。

今天去了，
还会有个，

新的，
明天。

过去去了，
还会有个，
新的，
将来。

我笑着，
将那湿意涂在脸上，
让那滋润去到心里。

有些伤，
虽然没有疤痕，
却是很痛很痛。

让那丝丝的雨，
沁沁的凉，
滋滋的润，
治愈我的悲伤。

童年已去

多么想念，
过去的童年。

那是我人生，
最可恣意的时节。

想要的一切，
都会来到我眼前。

犯错耍赖，
只被笑称是个小小坏蛋。

没那么多的，

无可奈何。

没那么多的，

必须当然。

我的一切，

我说了就算。

曾几何时，

那一切的一切，

已去了久远。

如今回想，

倒好似是，

做了个梦般。

稍有不慎，
便被批判是粗心懒散。

成日里来，
飘入耳的，
除了数落，
就是鸡汤；
除了要求，
就是规矩……

窗外的雨，
飘飘而落。

窸窸窣窣，
不可断绝。

窗边的我，
在彷徨什么？

我振振双臂，
呼出一口长气。

来日苦多，
贵在今朝。

哪有工夫，
伤悲春秋？

哪有时间，
缅怀怅惘？

不可以再无病呻吟！
不能够再期期艾艾！

往日已逝，

不可追回。

我要好好把握，

每个现在。

把每一天，

都当作是，

新的开端。

继续努力，

加油奋进，

搏出一个无悔的将来！

烟火世界

它的光辉，
灿烂夺目。

它的美丽，
芳华耀彩。

然而，
那芳华，
不过刹那之间。

但，

那刹那，

勾住了多少人驻足？

引来了多少人翘首？

便是刹那，

亦芳华！

便是刹那，

亦惑人！

便是刹那，

亦凝就了，

人们心头永恒的璀璨。

绚烂的，

向死而生！

梨树和桃树

风雨和飞沙，
暴雪与冰碴。
迎着艰难成长起，
两棵很高大。

可在某一日，
老天变脸啦。

又是风，
又是雨，
雷电也玩耍。

桃树可就遭了殃，
拦腰被劈下。

等到白云飞回来，
桃树不见了。

梨树一低头，
只余树桩立在那。

梨树很伤心，
可它没办法，
只能保护朋友了。

又是风和雨，
又是雷和沙。
梨树挡在树桩前。

我不怕！

我不怕！

我要保护朋友呀！

一阵风，

它不怕。

一阵雨，

它不怕。

最后遇上了雷电，

梨树更是越挺拔。

雷电雷电你来吧！

日　子

早上上学去，晚上回家来。
作业没写完，又去补习班。
披星戴月再回家，作业重又翻一番。
俯下身子埋头写，不知不觉十一点。
白天学的没消化，晚上复又塞进来。
堵在喉头咽不下，日子过得好艰难。
睡觉实在不容易，还没睡够又一天。
玩耍也是没机会，没有丁点儿空闲。

今夕是何夕?

明夕是何夕?

日日复日日!

日日无绝衰!

月夜独行

白月夜，
冷风霜，
心中偶有一丝慌。

补课晚，
独自行，
无人来接最销魂。

既怕黑，
又怕静，
还怕身后有幽灵。

有人声，

有车声，

又怕劫我去卖人。

忐忑忑，

惊惶惶，

左脚右脚颠倒忙。

月亮清辉照大地，顺带关照我周身。

星星眨眼亮晶晶，看我玩命往家奔。

到家终于舒口气，平安归来我之幸。

好想致电诸亲人，诉说今晚夜惊魂。

又怕遭人笑我怂，只好忍耐不作声。

呼和浩特欢迎您

它，
是镶嵌在塞外的一块美玉，
清灵剔透。

它，
是栖息于阴山脚下的苍鹰，
振翅待飞。

这里，
草天连碧，
牛羊都漫步于天际。

这里，
马头琴悠扬，
演奏出分明的四季。

白云率性，
在晴空拉扯出棉絮。

清风多情，
将晚霞横抹成诗意。

乳都——呼和浩特，
捧出至醇至香的马奶酒，
真诚地欢迎您！

看那，
红尘陌上，
昭君柔肠牵连蒙汉情谊。

看那，

丁香花攒簇，

纠结起多少相知与相遇。

呼麦绵长，

容铮铮铁汉千般情。

厚地高天，

纳堪堪古今万钧义。

青城——呼和浩特，

奉出至诚至信的真心意，

热情地欢迎您！

无 题

日日日日，

夜夜夜夜，

好似都在，

重复着昨天的一切，

毫不新鲜。

这样的生活，

搞得好像，

丧失了时间的感觉。

院中，
采摘一把鲜花，
插进瓶中。

梦里，
似乎也嗅到了，
它幽吐的暗香几缕……

天空，
湛蓝湛蓝，
干净得剔透。

几只羊羔羔，
或挤挤挨挨，
或独自游荡。

竟也，
跑到了天上去凑趣。

它们，
走着走着，
挤着挤着……

最后都化作了，
鲜美的糕点。

馋得我控制不住自己，
伸手便去，
拿来一块。

急不迭地，
塞进嘴去。

妈妈咪呀！
疼死我了！

原来竟是，
咬到了手指。

这阵疼痛，
把我拉回现实。

梦，
醒了！

我，
又要重复，
这日日夜夜的，
继继续续。

平平一路

平平，
淡淡，
没有想象中浪漫，
也没有故事中勇敢。

在等待，
等待……

回首时，
才豁然惊觉，

在等着什么？
枉费了这么多年。

这时才决定，
要放手一搏，
搏出，
自己的蓝天。

然而，
恍惚中又发觉，
自己正拖着一个苍老的身躯，
艰难地前行，
无畏地奋斗。

是梦吗？
感觉是那样的真实。

回想，
回想……
难道是前世的自己？

泪水，
不觉潸然。

那一世的波折，
是为着怎样的信仰？
坚忍果敢！
不曾折弯！

然而，
后来，
后来又是怎样？

终于，

又成了一个小孩。

轮回还是重复？

这一切的一切……

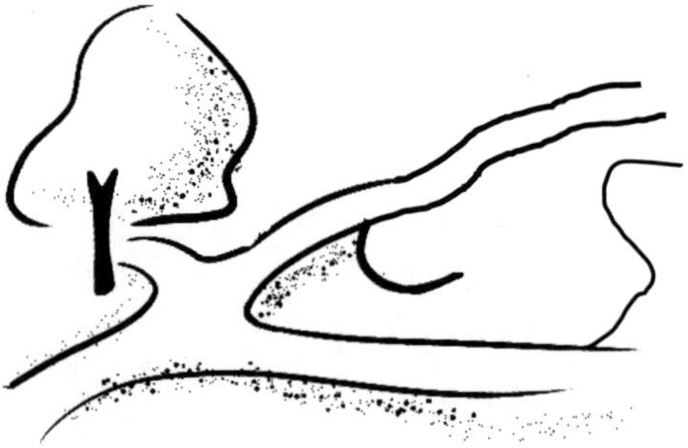

水杯的悲剧

开水，

倒进了杯子。

很烫！

很烫！

杯子深有感触，

想，

也许这就是幸福，
炙烈的幸福！

水渐渐温了，
杯子有些讶异。

宽慰自己，
这就是生活。
炙烈之后，
还有温暾的暖暖！

水终于凉了，
杯子难以接受。

这算是什么？
是要告诉我，
曾经拥有的一切，

都难以长久？

杯子恨恨，
恨恨地将自己，
跌落……

将那凉水，
泼洒一地。

然而，
此时，
杯子又有些悔意。

究竟那凉，
是最后的结果，
还是，
如前两次般，

只是个经历？

其实细想，
那些经历，
也耐人寻味。

如今摔了个粉碎，
不仅粉碎了过去，
也粉碎了，
将来，
可能的，
种种品味。

它只能，
用尽力气去感受，
那残留在碎片上的，
水滴。

水滴，
渐渐地挥发，
渐渐地少去。

渐渐地，
终于失去，
不留痕迹。

碎片豁然明白，
当初的种种厌弃，
其实都值得珍惜。

如今，
毁灭得惨烈！

便是想要回味，
也是遥不可及！

雨

飘飘然地来，
飘飘然地走。

那样的委婉，
带来那样的清爽，
让桀骜不驯的我，
沉浸其间。

有时候，
便是，
手边的一壶清茶，

也足以，
慰藉寂寥。

爽润之意，
丝丝缕缕，
在空气中萦绕。

艳阳忽地又跃出，
在天边，
映出彩虹一道。

街上的车

街上的车，
一辆接着一辆，
往复奔驰。

看似逍遥欢脱，
却，
被那红黄绿灯控制，
被那线线条条拘束。

千篇一律的道路，
千篇一律的线条，

总也让车，
不得自由。

其实，
我们人类，
也是如此。

从一出生，
便要受制于各种规矩法度。

就如那车，
看似行驶于宽敞的道路，
无所拦阻，
却无时无刻不被那线线条条框束。

我们，
除却吃喝拉撒，

无论何时，

都不能随心所欲。

我们只能努力，

努力在这框束之下活得更加精彩。

亦如那街上的车，

尽可能地，

开得洒脱。

也尽可能地，

不闯灯越线，

不摩擦碰撞。

尽可能地，

开得自由。

也尽可能地，
各行其道，
不影响交通。

无论人还是车，
都要努力地让自己，
内外光洁，
表里如一，
成为亮丽的风景！

逐梦人

打篮球的高手，
不一定非得有两米的个头。

大名鼎鼎的博格斯，
他的身高是一米六。

出于对他的敬畏，
人们给他取了个绰号——叫作“海盗”。

鲜明的个性，
不屈的斗志。

让篮球队伍中同样不够大块头的我们，
且以微笑面对这不如人意的身高。

心有阳光，
无惧风雨！

淡定从容地面对，
生活中的坎坷艰难。

未来的未来，
谁都无法预测。

便是明天，
你又知道几多？

大千世界，
芸芸众生。

各自有着各自的梦想，
各自绽放各自的光芒。

正如那漫天的星斗，
各自闪耀独特的流光。

人生道路途且宽且长，
让我们放开手脚，
做个自信奔跑着的逐梦人。

沙　漠

悠悠的时光，
不经意间溜走。

漫漫的黄沙，
绵延望不到尽头。

柔柔的丝绸，
飞扬在碧空的四周。

佝偻的身躯，
走着走着，
便隐入了沙丘。

地上的脚印，
无法成为永恒的印记。

风才乍起，
便没了踪迹。

耳边回荡着，
回荡着，
那呼呼的风声。

在不变的风声里，
似乎，
飘来了清脆的驼铃。

丁零丁零……
似是一首动人的乐曲。

高邻的惊魂曲

古语有云：日出而作，日落而息。

我原以为，万物皆是如此。

然，

我家有个高邻，

骨骼清奇，

不太喜欢墨守陈旧规矩。

总在夜半，总在半夜，

趁着我们没有防备，

给我们演奏一场，
惊魂的曲。

丁零当啷，
丁零当啷……

惊醒了的梦中人们，
心都一起慌一慌，
肝都一起颤一颤。

等到把气喘匀，
个个心如明镜。

那是，
她家新买来的，
杯碗盘碟。

无可奈何地，
排着长队。
前赴后继地，
赴了死去。

我虎躯一震，
怒火上头。
打算大喊一声，
发泄发泄。

可，
又怕惊吓到了，
万一尚未惊醒的爹妈。

万不得已，
只能咬牙，
等着她家的瓷器尽快死完。

其实，
她家每次奏乐我都在想，
爸妈的静默无声，
或许同我一般，
都是顾虑重重的忍耐。

爱这个字啊，
实在有些深沉！

果然，
不一会儿，
曲调有了转折。

咣唧咣唧，
咣唧咣唧……

那是，
桌椅板凳，
在辗转腾挪。

我的心里，
松了口气。

快了！
有盼！

然后，
噼里啪啦，
呜呜咽咽……

差不多了，
是这个节奏。

于是，

我翻了个身，

调整了个舒服的睡姿。

等待着，

高邻的乐曲尽快收尾……

落　叶

落叶无缘静美，
总被风儿摧残。

东游西荡，
从来不是自己所愿。

绯红的朱门开合，
不是在向它邀约，
它们的缘分仅仅是个擦肩。

雨水滴答，

是天的哭泣，
是否在怜惜它的漂零无依？

车轮滚滚，
不时地碾压，
难道是要将它镶嵌进路里？

其实，
落叶无须静美，
它衬托完花儿的娇媚，
使命便已经完结。

它不愿永世漂泊，
不停地随风纷飞。

它只想融入泥土，
与大地母亲依偎。

头一个毕业季

马上就是我的，
头一个毕业季。

这种感受，
以往不曾经历。

心里时有酸涩，
眼中常有湿意。

抬眼望天，
云不成形，
似乎连它也有一些忧郁。

师生情，
同学谊，
六年以来的点点滴滴。

在心底深处，
生根发芽，
结出了果实粒粒。

不舍得，
舍不得，
即将到来的各奔东西。

雨落阶前催泪下，
别情满溢了思绪。

我和我的朋友们啊，
自此一别，
相聚何期？

风

风，

飘然而来，

飘然而去。

或大或小，

或咆哮嘶吼，

或悄无声息。

总会在我们经意或不经意时，

自我们身边经过。

我们从来都看不见它，
能看见的，
是它扬起的沙尘、吹起的落叶、晃动的树枝……

微微的风，
最最让我喜欢。
它的到来，
证明天气晴好温暖。

可怕的是“抖音”里的强台风，
它吹一吹，
楼房都在发颤。

习惯了我们北方春秋冬的夜风，
它总在楼宇间呜呜咽咽。
吹得纱窗上的绳扣，

不停地敲打着窗扇。

吧嗒吧嗒……
是在诉说它历久弥新的苦难？

吧嗒吧嗒……
是在安抚我们的睡眠？

其实，
我很羡慕风。
既能摧枯拉朽，
又能和顺温婉。
没有谁能操纵得了它。

多想像风一样，
自在来去，

无拘无束。

多想像风一样，

力量无边，

收放自如。

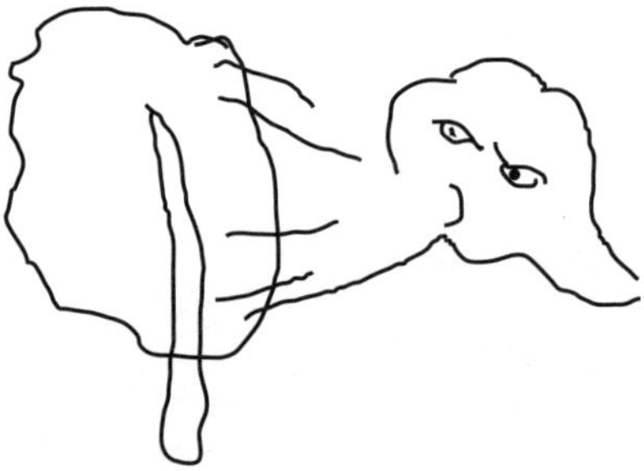

底线分寸

底线的问题，
我一直无法掌控自如。

分寸的拿捏，
也总欠缺些火候。

边缘性的试探，
得逞几次，
就容易失去敏感。

结果往往
令我苦不堪言。

就好似刚才，
老爹在我屁股上一顿操练，
我都不能还他一个白眼。

这事不可细说，
唯有一声叹息。

哀哉呀，
哀哉！

这个年头，
做个孩子真难！

淘气的雨

今天的雨，
下得最是淘气，
一会儿来，
一会儿去。

掏出伞来还没完全打开，
天空就放出了晴意。

好容易把伞一折一折收起，
还没放进书包，
头顶又是大颗大颗的雨滴。

路旁刚擦了几下车的大叔，
抓着抹布喊了一声“哎哟我去”，
刺溜一下钻进了车里。

我握着雨伞犹豫片刻没有打开，
拔腿就往家的方向奔去。

反正天气很热，
湿湿头发还能添些凉意。

还没到家雨就停了，
真是让人有些无语。

让我悄悄地来告诉你，
从我家到学校，
不过步行十分钟的距离。

你说这雨，

淘不淘气。

瘦月

今夜的月，
最是可怜。

细细瘦瘦，
只剩一钩。

吴刚不知道该在哪里伐桂，
玉兔也没了蹦跳玩耍之所，
就连嫦娥的广寒宫，
亦不知能安放于何处。

记　忆

淡淡的，
清清的，
就像一杯清茶，
蒙着芬芳的面纱。

浓浓的，
深深的，
就似一杯烈酒，
让梦中的孩子归家。

记忆中的我，

如同晒着太阳的奶糖，
甜蜜得就快要融化。

那是怎样的幸福，
我用文字描述不了它。

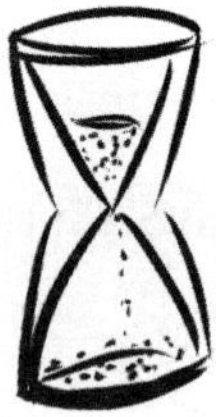

毕业考前的失眠夜

毕业考试的前一天，
有种莫名的激动感，
来得很是突然。

心音怦怦，
越跳越是铿锵，
睡意离我越来越远。

对门屋里的老妈，
有着神奇的第六感，
悄然地出现在我床边。

出于促狭，
我故作受惊吓状，
捂着心口埋怨她夜游吓人，
赶走了我的睡眠。

老妈连连道歉，
说听到我翻身不断，
以为我紧张难眠，
想要帮我按摩助我睡眠。

我的老妈，
对我的声音从来敏感，
在其他房间都能听出我的呼吸声音有变，
半夜里常有过来探看。

可说她耳力惊人，
似乎也不尽然，
过年的爆竹声轰鸣，
她都能睡得安然。

老妈的按摩手法娴熟，
一番敲打揉捏，
很快就让我的心跳和缓。

我的心里，
升起一丝歉然，
还有如许温暖。

周公先生长袍广袖，
笑意盈盈向我走来，

步态款款。

亲爱的老妈，

我先睡了，

希望您今夜好眠。

黑　白

——写给战争国家

为什么，

为什么倒下？

在没有到达明天的情况下。

为什么，

为什么没有归家？

在没有取得胜利的情况下。

黑夜，

在寂静的星空里，

有那么多的梦寄。

白昼，

在那艰难的生活里，

有那么多的人失去了家。

在那血流成河的噩梦里，

有多少生命在这里倒下！

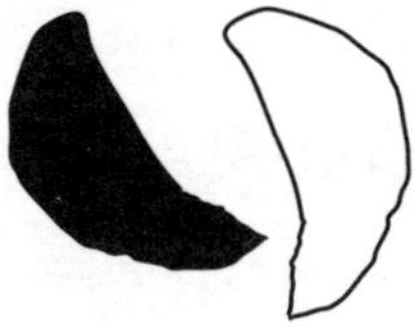

雪

白皑皑，
冷飕飕。

白了你的头，
冷了你身周。

地上软绵绵，
脚下绵软软。

绵到舒心，
软到寂寞。

在这里，

你牵着我的手，

我牵着你的手。

一起聆听——

风的声音。

光　阴

光阴，
很短很短。

眨眼工夫，
就过完了一天。

冬日的最后一天，
不留神睡了一觉。

醒来，
就又是一年。

一生，

很短很短。

从年轻到苍老，

从黑发到白头，

似乎，

也没有多少年。

我们要学会，

珍惜时间。

年轻时没有细品人生，

把光阴浪费在不专注的眼神中。

苍老时，

追悔莫及！

白白浪费掉的时间，
永远都无法弥补。

我们要珍惜时间，
更要珍惜身边的人。

亲人，
朋友，
一切。

生命只有一次，
珍惜时间就是珍惜我们辉煌灿烂的明天。

明月如花

天上的云霞，
已归家，
地上的花儿，
已睡下。
亮着天，
映着地，
多么多么的，
风景如画！

平安夜

今天是平安夜，
明天是圣诞节。

白胡子老爷爷，
带着快乐和礼物，
来到人间。

啊！
太开心了。

大家在圣诞树旁唱歌跳舞，
真是美好的时节。

心 事

没有人知道，
我的心事。

在黑暗的角落，
独自哭泣。

我很伤心！

晚上，
那是个宁静的夜晚。

我独自走着，
看着天空中闪烁的星星，
心有些酸了……

夜风吹来，
我轻轻地闭上眼睛。

啊！
我感觉到了，
夜晚的宁静。

后　记

2019 年 7 月，《我心慕远》一书在远方出版社付梓发行，内心充满感恩。

本书在创作和出版过程中，得到了许多老师和前辈的指点和帮助，由于自己学识匮乏，实在不知该用何种语言表达自己内心的感激之情，只能将最真挚的感谢和祝福送给内蒙古诗词学会会长贾学义老师、内蒙古诗词学会副会长李文佑老师、内蒙古诗词学会名誉会长董茂芸老师以及出版社的各位编审老师。感谢！

郭子瑞

2019 年 7 月 1 日